Índice

Rourke Educational Media
rourkeeducationalmedia.com

¿Puedes encontrar estas palabras?

agua

comida

refugio

ropa

Necesitarlo o quererlo

Las necesidades son cosas sin las cuales no podemos vivir.

Necesitas **comida**.

—Quiero dulces, por favor.
No necesitamos de los dulces.

Necesitas **agua**.

—Quiero refresco, por favor.
No necesitamos refrescos.

Necesitas **ropa.**

—Quiero un abrigo como el de Max. No necesitamos lo que otros tienen.

Necesitas **refugio.**

—¡Quiero mi propio cuarto!
No necesitas tu propio cuarto.

Necesitas amor.

¡Nos necesitamos unos a otros!

¿Encontraste estas palabras?

Necesitas **agua**.

Necesitas **comida**.

Necesitas **refugio**.

Necesitas **ropa**.

Glosario fotográfico

agua: el líquido incoloro que cae del cielo en forma de lluvia.

comida: cosas que las personas y los animales comen para mantenerse con vida y crecer.

refugio: un lugar que protege a las personas y animales del mal clima y del peligro.

ropa: cosas que las personas usan para cubrir su cuerpo.

Índice analítico

Sobre la autora

Tammy Brown escribe libros y enseña a maestros cómo enseñar a leer a sus alumnos. ¡Le gusta leer todo tipo de libros y le encanta viajar!

www.rourkeeducationalmedia.com

PHOTO CREDITS: Cover, p.7: ©OcusPocus; p.2,8-9,14,15: ©ArtMarie; p.2,4,14,15: ©Steve Debenport; p.2,8-9,14,15: ©Milenko Bokan; p.2,6,14,15: ©baona; p.3: ©Davel5957; p.5: ©Mark Bowden; p.12-13: ©ideabug

Edición: Keli Sipperley
Diseño de la tapa: Kathy Walsh
Diseño interior: Rhea Magaro-Wallace
Traducción: Santiago Ochoa
Edición en español: Base Tres

Library of Congress PCN Data
Necesitarlo o quererlo / Tammy Brown
(Me pregunto)
ISBN (hard cover - spanish)(alk. paper) 978-1-64156-935-4
ISBN (soft cover - spanish) 978-1-64156-959-0
ISBN (e-Book - spanish) 978-1-64156-983-5
ISBN (hard cover - english)(alk. paper) 978-1-64156-160-0
ISBN (soft cover - english) 978-1-64156-216-4
ISBN (e-Book - english) 978-1-64156-271-3
Library of Congress Control Number: 2018956009

Printed in the United States of America, North Mankato, Minnesota